KB110034

담월

시조집

담월 시조집

발행일	2019년 5월 13일		
지은이	김창희		
펴낸이	손형국		
펴낸곳	(주)북랩		
편집인	선일영	편집	오경진, 강대건, 최승헌, 최예은, 김경무
디자인	이현수, 김민하, 한수희, 김윤주, 허지혜	제작	박기성, 황동현, 구성우, 장홍석
마케팅	김회란, 박진관, 조하라		
출판등록	2004. 12. 1(제2012-000051호)		
주소	서울시 금천구 가산디지털 1로 168, 우림라이온스밸리 B동 B113, 114호		
홈페이지	www.book.co.kr		
전화번호	(02)2026-5777	팩스	(02)2026-5747

ISBN 979-11-6299-693-5 03810 (종이책) 979-11-6299-694-2 05810 (전자책)

잘못된 책은 구입한 곳에서 교환해드립니다.
이 책은 저작권법에 따라 보호받는 저작물이므로 무단 전재와 복제를 금합니다.

이 도서의 국립중앙도서관 출판예정도서목록(CIP)은 서지정보유통지원시스템 홈페이지(http://seoji.nl.go.kr)와 국가자료공동목록시스템(http://www.nl.go.kr/kolisnet)에서 이용하실 수 있습니다. (CIP제어번호: 2019017177)

(주)북랩 성공출판의 파트너

북랩 홈페이지와 패밀리 사이트에서 다양한 출판 솔루션을 만나 보세요!

홈페이지 book.co.kr　•　**블로그** blog.naver.com/essaybook　•　**원고모집** book@book.co.kr

담월 시조집

자연을 벗삼아 노니
나이든 줄 모른다

김창희

북랩 book Lab

저자가 학창시절을 빼고 시조를 접한 것은 약 5년 전
쯤으로 거슬러 올라간다. 전남 장흥의 천관산 장천재
에서 늦은 밤까지 술자리를 이어 오다가 지인의 소개
로 어느 시조 시인을 알게 되었다. 이후 시조 시인에
게서 시조 쓰는 법을 개략적으로 듣고 쓰는 계기가
되었다.

시조를 배우지 않았지만 10년간 연구원 대표이사를
맡으면서 겪었던 일들과 이사회와 무관하지 않은 가
정사가 저자를 참으로 고통과 철학적인 삶으로, 자연
과 친화적으로 살도록 유도한 것 같기도 하다.

여기에 수록된 시조들은 지난 5년간의 일기장과 같
은 희로애락을 시조로 표현하였을 뿐이다.

목
차

장천재 비 내리니 솔구름 노닐다가

천관산 옷자락에 산산이 흩어지고

구슬픈 계곡소리는 내심연(深淵)의 포효라

소호에 스며드는 어둠이 불빛되어

고요히 밀려드는 바다에 수 놓으니

그리운 마음의 닻을 선소 향해 내리네

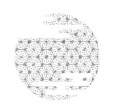

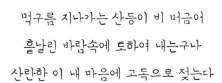

먹구름 지나가는 산등이 비 머금어

흩날린 바람속에 토하여 내는구나

산란한 이 내 마음에 고독으로 젖는다

긴 한숨 천년 지나 벗으로 오늘 보네
산천은 수려하게 회우를 반겼다네
기약이 한없건마는 언제 다시 볼까나

인연이 다한다고 추억이 지워지랴
만나니 애틋하여 우정이 넘치누나
천년에 옛정을 뒤로 훌쩍 떠나 가련다

벗들이 떠난 곳에 여운만 감돌구나

내 설움 도취되어 어르질 못했구려

그대 밤 몰고갈 곳에 땅을 치며 울었네

삼십 년 흘렀어도 바다는 변함없고
섬과 섬 낯익어도 추억만 떠오르네
고향을 찾는 벗들도 낯설기만 하구나

장산은 푸르러서 잡초로 우거지고
당산은 세월에 져 병들어 넘어지고
나무들 신음소리에 애잔함만 묻었네

우물은 기다리다 눈물로 메마르니
찾는이 하소연에 발걸음 돌리누나
기나긴 풍랑 속 헤쳐 어찌 이제 왔던가

임 곁에 잠이 드니 설움 다 잊으셨나
오는 비 흐느낄 적 그때도 밟았었지
그대를 두고 가려니 바다만이 곡하네

어둠아 바다 덮고 달님을 피했더냐

밤 깊어 칠흑된들 해님은 비웃더라

해 뜨면 네가 한 일을 세세하게 밝히리

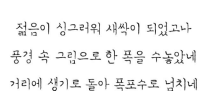

젊음이 싱그러워 새싹이 되었고나
풍경 속 그림으로 한 폭을 수놓았네
거리에 생기로 돌아 폭포수로 넘치네

파도야 구름 깨워 달님을 띄웠더냐

바람아 불어다오 황포돛 올려보자

그리움 한가득 실어 내님 찾아 가련다

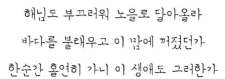

해님도 부끄러워 노을로 달아올라

바다를 불태우고 이 밤에 꺼졌던가

한순간 홀연히 가니 이 생애도 그러한가

담월 시조집

붉은 달 물들이던 대지는 하품하고

기지개 켜려 하는 숲들은 손 내미네

오늘도 바람 어디서 불어올지 누가 아랴

파도가 부서지는 소리를 장단 삼아

풍경을 마시우니 이 밤이 흥겁구나

불빛이 온갖 눈을 켜 내 마음을 밝히네

시련 꽃 지고 나면 시골에 묻히리라

한낮에 씨 뿌리어 밤 되면 별로 따리

마음은 연꽃에 띄워 세월 따라 보내리

찬란히 떠오르는 태양은 희망 품고

이슬은 영글어서 대지에 열매 맺네

자욱한 안개 걷히어 내 앞길을 여누나

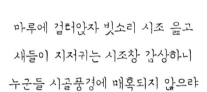

마루에 걸터앉자 빗소리 시조 읊고

새들이 지저귀는 시조창 감상하니

누군들 시골풍경에 매혹되지 않으랴

추우(秋雨)에 술잔 건네 위로주 따라주니

절친한 벗이 되어 술 동무 되어 주네

피보다 진한 우정에 감동하여 내리네

가을에 타오르는 향기가 코를 적셔

마음을 누그리며 사뿐히 내려앉네

밟힐까 이리저리로 피해가며 걷노라

사백 년 풍파에도 자태를 간직하려

불명산 계곡속에 거처를 정했더냐

화암사 반백 년만도 못한 것이 생일세

바스락 소리 들려 영혼이 깨어나니

가을이 성숙하여 나에게 다가오네

낙엽이 읊는 시 속을 그와 함께 걷노라

봉화산 철쭉필 때 그대는 어데 피어
나홀로 헤매이다 임 향기 찾았던가
남도에 매화꽃으로 아름드리 피었네

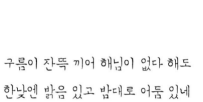

담월 시조집

구름이 잔뜩 끼어 해님이 없다 해도
한낮엔 밝음 있고 밤대로 어둠 있네
인생사 구름 좀 낀들 큰일이야 있겠소

닿는 곳 곳곳마다 암반이 자리하니
내 배를 댈 곳 없어 바다를 헤매이네
이밤이 고요하도록 닻 내릴 곳 없더냐

겨울엔 추워선지 해님도 뵈지 않고

달님도 집에 가고 구름님 세상이네

만든 눈 뿌려대려니 혼자 마냥 신났네

세상을 돌고 돌아 이곳에 멈춰 서서

하늘도 풍경 겨워 감탄을 자아내니

신선이 사는 곳인들 별것 있나 하노라

찬바람 문 틈새로 혓바닥 내밀고서

다리를 휘감으니 차가움 엄습하네

찬기가 온기를 눌러 앉았으니 헐투다

담월 시조집

언젠간 떠나겠지 미련이 남지않게

마음도 흰 눈 쓸듯 소복이 정리되어

한 가닥 실 하늘 향해 날아가듯 가야지

어선은 염소처럼 부두에 묶여있고
바다와 놀고 싶어 자유를 갈망하나
밀려온 파도를 안고 몸부림만 치누나

고운 임 오시려나 먼 하늘 바라보니

흰 구름 떠돌더니 목 놓아 우는구나

임 처지 눈치챘는지 나에게는 말 없네

이 언덕 넘어가면 봄날은 없을까봐

마음을 꺾어가며 만끽해 그려넣네

내 님도 떠날까 하여 그림 안에 넣노라

언제나 꽃이 될까 임 오길 기다리네

임 손길 스치어야 세상 문 열리건만

부푼 밤 애간장 녹여 서리되어 내린다

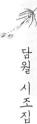

지난밤 꿈꾸었던 그 자리 올라서니

하늘에 구름 띄워 신선은 노를 젓고

계곡은 음악을 내어 하계 둘러 보노라

홍매화 화사하여 여인의 입술 같네

임 입술 붉다하나 봄날만 같으리요

온갖 곳 입술 내미니 어느 입에 맞추랴

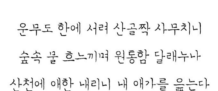

운무도 한에 서려 산골짝 사무치니

숲속 물 흐느끼며 원통함 달래누나

산천에 애한 내리니 내 애가를 읊는다

그날이 다가오니 노랗게 물이 드네

개나리 말도 없이 손짓을 보냈건만

비명은 꽃속에 스며 슬퍼 떨며 갔나니

바람에 살육 당해 꽃들이 쓰러지고

빗속에 녹아나니 나무는 울부짖네

꽃들은 묻히지 못해 길거리에 뒹군다

새들은 소풍 갔나 뒤뜰이 조용하네

손님이 오신다니 자리를 피한건가

새들에 살살 빌어서 풍경 맞춰 달래자

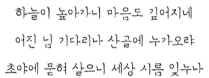

하늘이 높아가니 마음도 깊어지네

어진 님 기다리나 산골에 누가오랴

초야에 묻혀 살으니 세상 시름 잊누나

짧은 생 바둥거려 살으려 하지 않고

가는 길 화려하게 바람에 날렸나니

춘 사월 눈보라 치니 봄의 혼은 떠났네

인생이 지려할 때 꽃 속에 숨으리라

화려함 시들어져 꽃잎이 누추한들

한 마리 꿀 따던 벌로 향기 속에 묻히리

바람은 풍경따라 세상을 유람하니
한곳에 정착 않고 마음도 두지않네
자연을 벗삼아 노니 나이든 줄 모른다

하늘은 끝도 없어 마음도 넓다허나
앙금이 구름되면 하늘도 좁아지니
이 세상 마음 좋은 이 그 얼마나 있겄소

땅들이 태어나는 생명도 주었거늘
고마움 잊고서는 싸움만 하는구나
죽음도 네가 받으니 뿌린 씨앗 거두리

바다가 근원이니 물들이 모여드네
근본이 짜지마는 민물도 되는도다
인생사 너처럼 변해 맛 잃은 이 많더라

대나무 물 머금어 급속히 자라나니

키 크고 속이 비어 실속이 없듯 하나

껍질도 단단해지고 마디마디 굵구나

휘영청 달 밝은들 벗 없이 무엇하랴
아직도 찾지 못한 내 벗은 어디있나
오늘도 빈 벗자리에 달빛만이 앉았네

달빛에 어둠 지고 은빛 놀 일었건만

파도는 출렁거려 흔적을 지워보네

애가는 바람을 타고 달빛 속을 흐르네

낙수에 평온 찾고 어둠에 감추이니

고난이 나를 찾아 세상을 떠돌건만

시골에 은둔한 나를 찾아내지 못하리

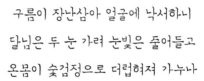

구름이 장난삼아 얼굴에 낙서하니

달님은 두 눈 가려 눈빛은 줄어들고

온몸이 숯검정으로 더럽혀져 가누나

보름달 대낮처럼 풍경을 안았건만
풀벌레 처량하게 이 내 맘 쥐어짜네
떠나는 달빛꼬리에 아쉬움만 묻었네

선소에 들어서니 갯가에 마당있고

물결만 굴강에다 숨결을 토하는데

붉은 해 옛적 생각에 뉘엇뉘엇 지누나

내 맘에 해가 지니 석양이 슬피우네

눈시울 붉어지며 남은 생 한탄하니

술잔도 나를 달래려 오늘밤을 지새운다

시 속에 내린 비는 마음을 훑어가고
바람은 텅 비었던 술잔을 채워주고
피곤한 여린 삶들도 쉼을 찾아 떠난다

차갑게 술 익으니 맛 또한 부드럽네
애인을 만지는 듯 술향이 부드럽네
내 영혼 네게 빼앗겨 희미하게 가누나

또 눈이 감기우니 피로가 오는구나
못다한 세상 일에 미련이 남았더냐
술 한잔 기울여야지 무너짐도 없겠지

술잔이 비었구나 따를 이 게 없느냐
누군들 좋아해서 이 놈을 마셨겠니
괴롬이 지나가라고 퍼 마시는 술이지

저 달은 누구 품에 안기려 떠올랐냐
동문에 걸어진 걸 임들은 봤으려나
차마당 내려 비치니 그대 밤에 담기네

저 달이 떠오르니 임 얼굴 떠오르네
차마당 월광 차니 술잔도 차오르네
차향을 기다렸건만 술잔만이 넘치네

산사에 밤이오니 추위가 스며들고

인생의 서러움도 어둠에 퍼지누나

한 인간 시름마저도 자연 속에 시든다

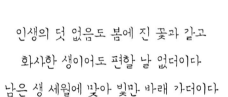

인생의 덧 없음도 봄에 진 꽃과 같고

화사한 생이어도 편할 날 없더이다

남은 생 세월에 맞아 빛만 바래 가더이다

야심한 이 밤에도 들치는 짧은 비에
신발이 젖을 새라 부엌에 들여놓네
고약한 바람 때문에 빗줄기만 혼나네

봄바람 불어오면 임 실려 오시려나

가신 님 먼 길에는 봄비만 마중하니

꽃비에 그리운 마음 씻겨내려 가려나

시인의 정원에는 언제나 꽃이 피네
꽃마다 다른 세상 느낌이 다르다네
시간도 할일 잊고서 만끽하고 있다네

만경강 겨울바람 억새가 누운곳에

뼈아픈 산 역사도 그곳에 묻혔나니

강물이 흐르고 흘러 새하얗게 씻겼네

소나기 쏟아붓고 벌판을 지나가니
우한도 인생 한때 내리는 비와 같고
폭우가 그친 하늘은 구름 한 점 없어라

폭우에 옷 젖고서 체온에 말려지니
인생의 아픔들도 스스로 치유되리
백발도 세월을 세니 지혜 늘어 가리라

가을이 싸늘하여 찬바람 일어나매

차 한잔 하고 싶은 찻집을 찾고 싶네

남양주 천년 찻집에 상남자는 꿥할까

새로운 창 너머로 달빛이 숨어 들어
마루에 앉았다가 소리도 없이 가네
인생사 고난이어도 달빛마냥 가리라

저녁에 해가 지네 붉은 게 홍시같네

바다가 짙게 깔린 노을에 출렁이네

오늘도 역사 속으로 인생 하나 기우네

지는 꽃 황혼녘에 핏빛을 쏟아낼 때
바람이 채찍질 한 낙엽도 찢기우고
세월은 노래가 되어 호숫가에 날리네

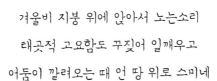

담월 시조집

겨울비 지붕 위에 앉아서 노는소리

태곳적 고요함도 꾸짖어 일깨우고

어둠이 깔려오는 때 언 땅 위로 스미네

비 젖어 꽃이 지니 화사한 봄날 가네
봄 지난 빈자리에 비 맞아 풀 자랄라
마당에 한숨만 쌓여 웅덩이에 고이네

흰 눈도 소리 없이 땅바닥 뒹구는데
풍경은 방문한 이 알리려 요동치네
차가운 겨울바람은 벌써 창을 넘었네

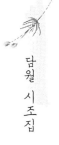

찬바람 불어오는 구월에 만나보세
만남을 기다리니 그리움 가득하네
그날은 우리 거하게 술에 취해 보세나

그동안 살아온 거 얘기도 들어보고
슬픔도 위로하고 어깨들 기대보세
희미한 추억들 들춰 희로애락 나누세

천운이 잠깐 열려 기회를 낚았구나

정든 임 풍파 일어 근심이 가득한데

이내 맘 속세에 묶여 하늘 이치 알리요

사람이 간직할게 생각과 마음이니

바닥에 나뒹굴어 밟히면 더럽혀져

가을에 굴러다니는 낙엽만도 못하리

하늘에 길이 있고 땅에도 길 있으며

바다도 길이 있고 밤에도 길 있으니

보이든 보이지 않던 밭도 탈도 밝구나

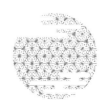

마루에 앉아보니 햇살이 따사롭네

겨울도 따스함을 가슴에 지녔구나

겨울과 친하여진들 손해볼 게 없겠네

담월 시조집

하나님 제게 많은 적들이 도사리어

고통과 근심으로 두려워 떨게 하니

주께서 저를 도우사 구원하여 주소서